流星ティアラ

時代が君らを許しても 僕が君らを許さない

文芸社

時代が君らを許しても 僕が君らを許さない
CONTENTS

ああ　僕らはもっと
孤独にならなければ
ああ　僕らはもっと
孤独を知らなければ

ああ　あの日君と出会えた僕が孤独でなければ
一体何の価値が僕にあったと言うだろう
ああ　もう僕の全てが
君へと繋がっていく

僕の過去の全てが
洗い流されていく
僕の全ての記憶が
塗り替えられていく

ああ　だから今の僕はもう
恐れるものなんて何もないんだ

君を失う事以外
何も　ないんだ

たった一つの季節《～じかん～》

Season changes.

あの日の誓い

あんなにも誠実に
あの輝かしい夢を
あの純粋な愛を
共に誓い合い
捧げ合った
あの頃

あの日　僕らが
ゴールだと思っていたのは
実はスタートだったなんて

今の自分を愛せる人は
きっと未来は大丈夫だよね

たった一つの季節《じかん》

もうこんな季節は二度と来ない
そう考えたら　なんだか少し泣けてきた
いつか　いつか　いつの日か…
こんな今日の私の事なんかを
少しでも懐かしんでくれる人が
いるんだろうか

今日の私は一体未来のいつの日の為の
私なんだろうか
思い出と現実には大して差はないと
いうのに
もう、もう…あんな日には戻れない
いくら望んでも　願っても

でも　時間という法則の中で
私達　生きているからこそ
夢や希望を持てるんだとしたら
またそれは　とても
尊いものであろう

遠く果てしなき君の心

例えば
見てはいけないものがあるとすれば
それは　君の心

例えば
触れてはいけないものがあるとすれば
それは　君の心

君の心はあの空のどこまでも広く
果てしなく遠い
追いかけても　追いかけても
とても君には　誰も追いつけない
君は誰よりも　自由でいながら
孤独を愛する旅人のようだ
君よ　今はどこの旅の途中なのですか
少し時間があったら僕へと手紙を書いてくれるとよいのですが…
可愛らしい絵ハガキなんかがいいですね

変わっていくという力

永遠が美しいなんて思わない。
何故なら変わっていくことは
とても自然なことで
むしろ変わらないものの方が不自然だ。
「変わっていく力」は素晴らしい。
だからあの人の心を縛っていくことも
僕には出来ないのだと思う。
「変わっていく力」は希望です。
光です。その力は無限なのです。

永遠という非現実的妄想

僕らは　いつしか
「永遠」というものに
幻想を抱くあまり
ある錯覚を覚えた

悲しき僕らの孤独言《ひとりごと》

どんなに孤独《ひとり》を望んでも
誰かを求めていたような
どんなに誰かを求めても
孤独《ひとり》を望んでいたような

僕らを救うモノ

思いは届く　いつの日か
祈りは届く　光のごとく
不思議なエネルギーに包まれて
心配しなくても　いいのです
あなたの思いは届きます
あなたの中から希望やその他
あらゆる一切のものが
消えない限り
見えない力を信じる心が
いつしか全てを
救ってくれるでしょう

一瞬という幻

「一瞬」が美しいのは何故だろう
永遠に続くものより
むしろ一瞬の幻に
心　惹かれることがある
何もかもを忘れてしまうほどの
夢の様な一瞬に　僕らは束の間
時を忘れて　夢に酔いしれた

ある一つの確信

一人であるほど
一人を感じるほど
あの人を必要だと確信した

この世で一番大切なモノ

夢や希望さえも捨ててしまえるのが
本当の愛とは思えない
きっとこの世で一番大切なものなんて
本当はないのだと思う
僕は夢も君もスゴク大切だけど
だからって他の何もかもを
全部捨てられないんだ
どちらかを選んでなんて言わないで
どうか　見えない真実に気付いて

変化してゆくモノ達よ

「思い」や「考え」は移動する
常に変化する
だからこそ　この時を　この一瞬を
愛しく思うことにしよう

人の心の謎

disillusioned soul

必要なモノ、必要でないモノ

例えば何かを失うとすれば
それは私にとって
それほど必要なものではないのかもしれない

たった一つの、君の最大の武器

君には　一つしかなかった
そのたった一つしか
でもそのたった一つのものが
君の最大の武器であるということを
あの時知っていたのは
僕だけだったんだ

あなたを好きになりすぎて
もう今となっては
好きなのか嫌いなのかという感情さえ
なんの意味ももたなくなっていた

避けられない運命

時は幻
一瞬のうちに姿をあらわすけど
また次の瞬間には姿をくらます
どうしても避けることのできない
運命の波というものがあるという事を
最近だんだんわかってきた

何かを捨てるべき時期

もう　もう　心が
どこにも行くことができなくて
身動きがとれなくなったとしたなら
その時こそ何かを捨てる覚悟をしよう
何かを得たいと思う時こそ
きっと何かを捨てる時期なんだ

自分を
その他の　取り巻くものを
愛する者を
傷つけられた記憶を
忘れ去ろうとする過去を
私はそれら全てを認め
全てを許し
全てを受け入れよう

ある愛の誓い

こうなったら　思う存分
あなたを愛しぬこう
たとえこの恋が終わろうとも
あなたへの愛は永遠のものとなるだろう
私は　私のもっている全ての力を使って
あなたを愛し
この誓いを貫き　守り通す
私の　私の全てをかけて

僕らの誇り

もしあの頃の僕らにも
誇れるものが
たったひとつあったとしたなら
何をも恐れない
惑わされない
清らかな心であったか

あなたという幻

あの夏の日に見た幻
それは　あなただった

とんでもない人に見た
思いがけない　瞬間

言葉という武器

僕に出逢ったことが
ラッキーであったと
君が思えるように
僕は全力を尽くして
あなたを愛しぬきます
君の事　幸せにするだなんて
今の僕には　決して言えないけど
言葉は　あやふやな物であるけど
それが故に最大の武器でもあるから
その武器は　最後にとっておく
最後まで　とっておく

夢が　夢ではなかったと
思いたくなかったのは
あの頃
私が恋をしていたからだったのか

遠く果てしなき日々への想い

夢が夢では終わらぬようにと
願ったあの日は
もう遠い

口で説明できるようなモノなら
きっとそんなに
大したコトじゃないね

幼き恋

ただ楽しいというだけで
恋と呼ぶには
あまりに　幼すぎた二人

最大のチャンス

好きと思えたその時に
想いは伝えた方がいい
好きと思えたその時が
きっと最大のチャンスだから

未熟な僕らの悲しき衝動

誰かを愛したその時から
確かに何かは変わっていた
でもそれは自分個人の世界だけのことであって
僕らの周りの全てが変化したというワケではなかった
いや、むしろ何も変わらなかったとさえ思う
あの頃の僕達はそれに気付く事ができなかった
誰かを愛したその事実というものだけに
心　踊らされて
その愛した事実の根本的な理由を
どこまでも突き止めて
知ろうとした

恋の醍醐味

私があなたを愛しているという事が
あなたの重荷にならぬようにと
いつもできるだけ
あなたから離れて歩いていたはずなのに
いつしか気がつくと
こんなに近づいていた
ああ、やっぱり…　「恋」
「恋」に限っては
人は気持ちを簡単にコントロールできない
しかし真に　それが
「恋」の醍醐味というものだろうか

私があなたに近づこうとすればするほど
あなたはいつでも
遠かった

苦しい恋の選択

私が私であることを
確かめる為に
あの人に近づいた

伝える、という行為

何かを伝えたことにより
簡単に壊れてしまうような関係なら
僕はそんなもの欲しくない
何故なら　何かを伝えようと思うのは
特に愛情をもっている人にだけだから
そう…僕は、愛情のムダ遣いはしたくないんだ

いいとか悪いとかの　ものさしだけで
この世の中の全てを判断できれば
どんなにか　楽なのに

君がいるのなら

君が僕の中にいるうちは
あらゆるどんな敵が襲ってきたとしても
僕は打ちのめされない
この先どんな困難に直面したとしても
僕はうまくかわしてゆくだろう
そう君が、
君が僕の中にいるうちは…

人の心の謎

「僕達きっと近づきすぎたんだね。もう会わないようにしよう。」
「うん……」
人の心は何故こうもうまくいかないのだろう
僕達はお互い愛し合っていたはずなのに
その一方では傷つけあっていた
人の心は　わからない
人の心は　謎だらけだ

僕らの使命

a mission to equilibrate both sides

心という名の聖域

ある人が発した言葉について
あの時私があれだけ怒ったのには
理由《ワケ》がある
それはその人が、私の心の聖域を
侵したからだ
決して誰も踏み込んではならない、
心の聖域に
その者は踏み込んだのだ

私が心という名の聖域に
踏み込む事を許すのは
自分がこれと認めた者だけだ
そして私は自分がこれと認めた者以外の者が
私という一人の人間について
分析しようとする事も許さない
私がこれと認める者は
そう　ただ一人
あの人だけだ

不平等という平等

「不平等」という
「平等」が
この世には　あるという

僕らの使命

今まで僕の周りにある全ての事は
全て意味があると思っていた
しかし　でも本当はそうじゃない
僕らは、意味があるから生きるんじゃない
そこに意味など無いからこそ
僕らが生きる事に意味が生まれるんだ

意味ある事を探究する為に
僕らは生まれてきたわけじゃない
意味など持たないモノを
意味あるモノへと
進化させていくのが
僕らの使命だ

それぞれの代償

嘘は嘘の影を落とす
真実も真実の影を落とす
だから時に嘘が真実に勝っても
個々にそれぞれの代償を伴う

権力

権力というものに
少なからずとも興味を抱かない者が
はたしているだろうか
もし　例えば
本当に　いるとしたなら、
その者は　もう既に
何らかの上で権力を手に入れている、
と言えるのかもしれない

答えてください

bleeding love

期待という傲慢

ただ期待するだけの愛では
人はいつか
くじけてしまいます

愛の真実

愛がなくては
人は生きてはいけないと思ったのは
あなたの愛に触れてからでした

でも、愛がなくても
人は生きていけるのだ、という事を
知ったのも
あなたの愛に触れてからでした

人はむしろ愛がなくとも
生きていけるからこそ、
大切なたった一人の誰かの愛に触れた時
愛とはとても喩えようもなく
素晴らしいものであるという事に、
初めて　気付くのではないだろうか

破滅的な恋

例えば
ただ破滅的な方向だけに
進んでいく
恋も　あると思う

愛するという事

もしあなたが
本当に誰かを愛したのなら、
その愛のもつ、純粋さを信じなさい。
その愛のもつ、もろさを受け止めなさい。
つまり、その愛に関わる全ての事を、
ただ無心に受け止めなさい。

答えてください

愛する人よ　教えてください
愛する事は　孤独なのですか
愛する事は　自分自身への解放なのですか
愛する事は　生まれてきた事の意味を知る
たった一つの術なのですか
愛する人よ　答えてください
あなたにとって私は
唯一無二の存在といえますか

全ての物の理由

ただ一輪のバラを見ても
あの頃の私なら
ただあのバラが美しいからだと、
そう思っていた
しかし今なら、ただ一輪のバラを見ても
そうとは思わない

ただ、その一輪のバラが美しいのは
美しく見えるのは
そのバラが美しい、という
ただ　それだけの事ではないと
このバラが美しく見えるのは
決して　このバラが美しいという
ただそれだけの理由からだけではなく
そのバラの周りに存在するあらゆる全ての物の要素が
深く関わっているからだ、という事を
今では知っている

孤独な恋の旅路

ただただ
あなたへと遠く
私へも遠い
まるで　たった一人きりでする
孤独な旅のような恋でした。

誰よりも孤独な二人

誰よりも幸せそうな二人は
誰よりも孤独な二人であったとも言えた

一瞬という永遠の恋

たとえ　あの頃の二人が
本当は一瞬の恋であったとしても
私にとっては永遠の恋であったと
今でも思う

もし私が孤独であったが故に
あなたに出会えたとしたなら
私はそんな自分でさえも
愛しく思えてならないのです

あの頃　私は
まだ幼すぎて
恋のもろさを信じなかった

悪魔的な心

もしあなたが望むなら
私は悪魔にだってなれるかもしれない
というか…
人は誰でも
悪魔的な心を
持っているけれど

時として

時として
自分以外の誰かの
不幸を望む　自分がいた

時として
自分以外の誰かの
傷つくところが見たいと思う
自分がいた

時として
自分自身のその豊かな想像力が
最大の敵となる夜があった

ただ愛を壊したくて

今　思えば
誰よりも強く
愛を欲しがっていたはずなのに
あの頃の自分といえば
ただ愛を壊すことしか出来なかった
ただ愛を壊したくて　たまらなかった

私の瞳に映るあなたは
いつも輝いていた
しかし、第三者から間接的に聞く
あなたのその全ては
もっと輝きに満ちていた
もっと　もっと
真実味を帯びていた

途方もなく貴方を愛し続けた日々

ただただ　そこにあったのは
途方もなく貴方を愛し続けた日々と
この世で最も
私が孤独になってしまう時間でもあった

永遠の愛とは…

いつどんな時も
ただ自分の中の綺麗な心の部分だけで
人を愛する事なんて出来ないよ
君達が思っているほど
愛は美しいばかりではないんだ
この世の中に存在する愛というもの全てが
尊いといえるわけでもないし
またそれらに
特別な定義があるわけでもない

もし永遠の愛と呼べるものが
この世に存在するとしたなら
それはただ
一個人の心の中だけの世界の事であり
ただそれぞれの個人の心が
思い描いている
想像の産物の一つに
他ならない

どこにでもある歌のセリフ

時には人を傷つけて……と
よく聞く歌のセリフ
でも時には…と言うが
一体どうすればいつもいつも
人を傷つけずに生きていく事ができるというのだろう
誰かを全く傷つける事もなく
一人の人間が生きていけるはずもなければ
誰も傷つける事なく
生きていける道など
どこにもない

遠き日に見た私達の悲しき永遠の罪

私達が
遠い日に見た
甘い夢は　何だろう

私達が
遠い日に見た
幼き罪は　何だろう

絶望を知らぬ者達よ

絶望を知らぬ者は
きっと永遠など
一生望むことはないだろう

絶望を知らぬ者は
きっと永遠など
一生知る事も　ないだろう

あの人の強み

つらい時につらいと言い
悲しい時に悲しいと言い
うれしい時にうれしいと言えるのが
何よりも　あの人の強みでした

あの頃の私

あの頃の私は
とても笑うことなんて出来なかったよ
本当に心から笑うことなんて
とてもとても出来なかったよ
あの頃の私は
誰に対しても
必要以上に心を閉ざしまくっていた

一人が不幸だと
二人なら　もっと不幸だね

世界平和なんて、ありえない。

des armes et des âmes

信念とも呼べるべき愛

もうあの頃みたいに
当たり障りのない様な
生き方はしたくない
もうあんな生き方だけはしない
もし今の僕に、あるたった一つの
信念とも呼べるべき愛があったとして
その愛を手に入れるが為には
もし戦いを選ばなければ
ならないとしたなら
その時　僕は迷わず
戦いを選ぶだろう

世界平和なんて、ありえない。

世界平和なんて、ありえない。
……てゆーかさ……
絶対不可能だと思う。
だってさ、じゃあ今日たった今から
全世界が平和になったとするよ。
人々は誰が何してもいつもニコニコ顔で、例えばそれはおかしいと思った事があったとしても、相手に共感したフリするの？
そんなの、おかしいよね。
逆にいえば、争いや競争がある中で生きるからこそ、
人は成長するのだと思うし
競争なくして、世の中の発展もありえないからだ。

そう、この世の中は常に生存競争なのだから。
いくら否定したところで、この現実からは
皆　逃れる事は出来ないんだから
僕はもう開き直って
世界平和なんかより
もっともっと大切な
僕の幸せについて願おう。
何故なら　一人の僕が
幸せであるという事が、
ひいては世界の平和であるとも
いえるのだから…

あの頃はあの頃の私は
ただ、今いるこの場所が
この世の中の全てだと思っていた
今自分が存在しているこの場所以外に
もっと楽しくてしょうがない場所なんてどこにもないって思っていた
あの頃の私は不安でいっぱいであったというより、むしろ強い絶望感さえ感じていた
自分に関わる全てのものに対して
私は例外なく、いつどんな時も
絶望感を感じていた。
あの頃の自分は絶望感とともに
生きていた
そんな私がここにいるという事を
誰も気付かなかったけれど

たった一つの光

あなたの魅力が
あなたの魅力だけが
今の私にとって
たった一つの光です

本当の幸せ

何が本当の幸せなんだろうか
ある者は地位や名誉だと言い
またある者は、愛だと言った
誰が言っている事も、それはそれで
間違いではないと思うけれど
だからといって
誰が正しいとも思えない
何が本当の幸せで
何が不幸な事なのか、なんて
きっと誰にもわからない

ただ今言える事は
この先ずっと自分は自分であり続けるしかない、という事
私はこの先どんな事があろうとも
どこまでも私であり続けるつもりだ
何故なら自分自身の心が自ずと
導かれていくものが
結局最後の最後には
他のどんなものよりも
自分自身を救ってくれるのだと
信じているから

どうせなら

どうせなら傷つかなきゃ
どうせなら悲しまなきゃ
どうせなら苦しまなきゃ
どうせなら楽しまなきゃ
どうせなら涙流さなきゃ
どうせなら痛いと感じなきゃ
どんな不幸も幸せに
全て変えてしまうほど

私の中の精神性

spiritual phase of my life

あなたに会ったことにより
私の中の精神性は
一層　深みを増しました

この世で一番、尊重されるべきもの、
それは
個々の精神世界なのではないだろうか

人は今がどんなに幸せであろうとも
ここではない、もっと別の場所に
今以上の幸せがあるのではないかと
つい思ってしまう生き物なのかもしれない

僕の中に存在する、ある空虚感

僕の中に存在する、ある空虚感は
ある特定の事でしか
報われることは　ないだろう

自由？　平和？
そんなものは
現実世界ではない
むしろ
戦争こそが現実だ

私は自由など願わない
私は平和など願わない
私は常に戦って生きたい
人生は戦いの中にこそ
人間の真理が隠されている
戦いを恐れるな
戦いから目を背けるな
戦いの中にこそ
君が行くべき場所がある

君が得るべきものがある
……もっとも、
君が人生において
君が行きたいと思う場所と
君が行くべき場所というものが
悲しいかな、必ずしも同じであるとは
限らない、という事について
君が気付いているかが問題だ

生きたい、生きたい、
この先どうにかして生き延びたい
この命ある限り　どこまでも
時には花のように
時には害虫のように
また　ある時は　哲学者のように
たとえその先にある物語の結末が
絶望でしかなかったとしても
この一人の人間の結末を
私は最後まで見届けよう

時代が君らを許しても　僕が君らを許さない

Hopeless state of mind teaches me a lot.

時代が君らを許しても
僕が君らを許さない

愛という幻に
嫌というほど
現実を見せつけられた二人

狂気物語

女は彼女の中で一番正気な部分で
目の前の男を愛した。
女は彼女の中で一番狂気な部分で
ある旅人を愛した。
しかし、女にとって狂気な部分とは
彼女の中で最も純粋な部分であった。

狂気という正気
狂気という純粋
女の中の狂気は
ただただいつも
たった一つの真実だけを
求めてやまなかった。

決戦の時

おお、いよいよ試される時が来た
今こそ僕らの真価が問われる時
僕らの未熟な魂の革命は
ついに決戦の時を迎えた

希望という言葉には、ただその
希望というそのものの意味だけが
存在するというわけではなく
そこには常に絶望という意味も
含まれてのことだろう。
また、絶望とて同じことである。
たとえ今何かに絶望しているからといって、その先の未来が
なんの可能性も望めない、という事は
全くありえない事なのだ。

あの日私をつき動かしたのは
希望ではなく
明らかに絶望だった

絶望を希望にしつつ生きていく

たとえば絶望という二文字でさえも
あの頃の彼らにとって
それは一つの希望でもありました

僕らの宿命

結局のところ人間は
自分が一体何者であるかを知る為に
生きなければならない
宿命にあるのだと思う

信念の為のあらゆる犠牲心

自らの信念の為に
人が何かを犠牲にしてまでも
生きようとする時、
たとえそれが
どんな者であろうとも
その姿は美しい

真の平等

人の世は皆　平等である、というが
しかし実際はそうではない
だが皆が平等でないからこそ
生態系が成り立っている
皆が平等になれば　それは
自然界の法則に反する事になる
この自然界に掟というものがある限り、
絶えず争いは続いてゆく

そしてその世界に存在するのは
常に生か死の　その二つでしかない
力の勝る者は、より多くの子孫を残す事ができるが
力の及ばない者は
子孫を残す事は疎か、
滅びてしまう運命なのだ
しかし、それこそが正に
真の平等といえるのではないだろうか

真実を見極めよ

善悪の判断だけに
決してとらわれるな
その物事の裏に隠された
真実のみを見極めよ

平和という堕落

平和なだけの世の中は
私達を幸福にはしない
人々は平和を望んでいる、と偽りながら
ただ自由で安全なだけの日常に、
少しも魅力など感じてはいない
いや、むしろ
平和なだけの世の中は
ついには人間を堕落させるのだ

神の啓示

divine revelation

神の啓示

私達が善悪の判断だけで
生きる事を
神が私達に教えているんだとしたら、
神は私達に
これほどの生きる試練を
与える必要はなかっただろう。

その人の本当の意味での人生とは
その人が真に自分自身に目覚め
自らの魂と肉体が
まさに一体である、と感じる時
初めてその意味を成す。

至上の愛と引きかえに私が背負うべきモノ

私は確かに「至上の愛」と
いえるべきものを見つけてしまった
しかし、それだけに
これから私が背負っていく
苦しみも　計り知れない

自己主張のないこの世の全てのものと、
その関係する種族は、
遅かれ早かれ
滅亡する

悪という名の正義

悪を悪だと自覚していて為す悪行と、
そうではない悪行では、大違いだ
しかし、悪を悪と自覚していながら為すその悪行でも
そこに何かしらとても強力な信念のようなものが発生している場合、
それは時に、
正義と成りうる。

ある旅人との話

時には　とても残酷なものが
たった一人の人を
救うことがあると
その人は静かに
話してくれました

その時の私は
明らかに
絶望というものによって
支えられていました

「人は希望というものよりも、むしろ
絶望というものから救われている」と
いえるのではないだろうか

他のなんでもない
どうでもいいような人達との
関わりが多いほど　多くなるほど
私の心はいつにも増して
とても冷静になり
ただただ目の前にある
見えない真実だけに
心を向かわせ
その考えに集中した

善と悪の定義

例えばもしどこかのたった一人の人間が、あるとても動かしがたい信念
というものを自らの心に宿した時
果たしてその信念と言えるべきもの自体に、善や悪などというものが存
在するのだろうか
信念というもの自体には
いいも悪いもないのではないだろうか
だから例えばある者の信念によって
引き起こされた行動により
又、ある者達がたとえ傷つけられるような事があったとしても、
その行動を加えた者達が悪であると、
一方的に決めつけて良いのだろうか

そもそも善と悪というものについて
人が判断を下す時
人は自分とは全く異なる、そして
到底理解しがたいと思うものについて
それを悪であると
一方的に決めつけているとは
言えないだろうか
そして私達は無意識のうちにも
その自分達とは異なるであろう者達を
攻撃しているのかもしれない

人の心の中はもちろん
誰にも見たり触ったりする事は
出来ないが
しかしいざという時には
それだけの破壊力を持ち合わせているのだ
しかしその破壊力こそが、
正に生きる事への執着へとつながり
又人が信念を持ち続け、
その行動を起こしていく上での
一番の原動力となるのである

愛とは
自分自身への
果てなき挑戦である

真の悪人

「私達は無欲です」などと言う人間に限って
悪人が多いもので
世を恨み、他人を害し
その心は邪悪なもので満ちている
汚らわしい偽善者どもよ
まさに君達こそが
この世に悪を増殖させる
寄生虫なのである!!

確かに人間は一人では生きていけない
しかし、一個人がその人自身の心の闇と正に向かい合っている時
その者は　紛れもなく　一人である。

自らの運命に対して持つ重要な意味

どんなに望んだって
叶うことのない夢があるように
どんなに死ぬほどあがき苦しんだところで
変えることのできない運命って
やっぱりあるのだ。
だとしたなら
僕らは運命というものについて
ただ論争するというのではなく、

むしろその変えることの出来ない
自らの運命に対して
どう立ち向かっていったかという事が
より重要な意味をもつのではないだろうか。

夜中２時に書いた言葉

I jotted down these words long after midnight.

夜中2時に書いた言葉

孤独という字は
いかにも孤独という感じだなぁ
書いていて本当に嫌な気分になってきた
ああ…やっぱりよそう。
孤独なんて言葉を、
こんな夜中2時に
一人ノートに書くなんて。
たとえ本当に孤独でも

書いてしまうとなんだか
本当に力が抜けてしまうんだ。
この世界中の人が
みんな孤独であればいいのに！
そう　ふと思った僕は、
気付くとノートに
さっきのあの2文字を
書いていたのだった。

何が私を救うのか。

私が未来を救うのか
未来が私を救うのか

恋というものの
愚かさが
心をとらえて離さない

自分を見失うほどに
何かに夢中になったり
没頭できるという事は
とても大切な事だ
自分を見失うな、とかよく言うけど
自分を見失った事のない人は
ある意味まだ、本当の自分というものについて
知らないと言える
自分を見失うという事は
その物事に関して真剣になれたという事の
証とも言えるだろう

人が生きて行く過程で成長していく為には
何が糧となるか分からないものだ
たとえそうとは自覚できなくても
確実に何かが何かを変えてゆく
私達はいつも、そういう見えない力や
不確かな未来から救われているのだ
もしかすると
自分を見失うという事によってでしか
手に入れる事のできないモノが
この世には存在するのかもしれない

愛が与える二つのモノ

愛は時に
輝かしいばかりの青春を与えるが
愛は時に
残酷なまでの絶望を与える

人を愛する、という事は
天国と地獄をいっぺんに味わうようなものだ
だからこそ人は
その一瞬に命を燃やすのだろう
明日はたとえ地獄のような日々が待っていようとも
なんといっても今の私達が一番大切だから
怯まず、さぁ船を漕ぎ出そう

進め、進め…!!
そしていつか
君だけの地を見つけよ

進め、進め…!!
そしていつか
君だけの永遠の楽園の地を勝ち取れ

進め、進め…!!
今日がどんなに
頼りなくても

何も始まれない二人

何かが終わってしまう事で
何かが始まってしまうような二人

何かが終わってしまわなければ
何も始まらない二人

何も始まれない二人

真の希望

真の希望というものは
絶望の中に存在するのではないかと
僕はその時
そう思ったんだ

永遠の輝き

toward a glorious eternity

僕等には
不確かな未来、という
唯一の希望がある

僕が恐れる事

世界が今日も汚れゆく
あぁ　僕らは今日もただただ
この汚れゆく世界の様を見る

あぁ　しかし僕はもっと
この世界が汚れてしまえと願う
世界よ、もっと汚れていけ
ケガレテ　ケガレロ　モット
あの地の果てまでもどこまでも

この世界が汚れてゆく程
僕は君の中に価値を見出す
僕は世界がどんなに汚れても
少しも恐くはない

そう例えば
僕が恐れる事は
君の魂が
奴らによって汚される事
君の魂が
奴らによって
時代の色に塗り替えられる、という事

ただ
それだけ

虫がよすぎる

皆が皆、自由に！　なんて
虫がよすぎる

皆が皆、平和に！　なんて
それもまた、虫がよすぎる

皆が皆、幸福に！　なんて
それはもっと虫がよすぎる

しかしこういう最も基本的な事を知らない人が、
世の中には多すぎて困る
それに反して、
これらを認めようとする人は、
あまりに少なすぎて困る

あの頃の僕達を知っているのは
やはり
あの頃の僕達だけだろう

僕らがこんなにも輝いて見えるのは
きっとその全てが
永遠のものではないからだ
この世に永遠のものが存在しない限り
僕らは永遠に輝き続けるだろう

僕達の未来は
僕達が信じる場所にのみ
存在するだろう

著者プロフィール
流星 ティアラ（りゅうせい てぃあら）
鹿児島市に生まれる
酒と動物と音楽と詩をこよなく愛す
尊敬する人物 ゲーテ、ソクラテス

時代が君らを許しても 僕が君らを許さない

2003年6月15日 初版第1刷発行

著 者 流星 ティアラ
発行者 瓜谷 綱延
発行所 株式会社文芸社
〒160-0022 東京都新宿区新宿1－10－1
電話 03-5369-3060（編集）
03-5369-2299（販売）
振替 00190-8-728265

印刷所 株式会社平河工業社

ISBN4-8355-5843-X C0092